Karine Reysset

Je ne suis pas une fille facile

Médium
l'école des loisirs
11, rue de Sèvres, Paris 6e

Du même auteur à *l'école des loisirs*

Dans la collection MÉDIUM
À quoi tu penses

Dans la collection NEUF
Mon nouveau frère
Pattes de mouche
La famille de mon frère

Loi n° 49.956 du 16 juillet 1949 sur les publications
destinées à la jeunesse : mars 2005
Dépôt légal : mars 2005
Imprimé en France par Mame à Tours

Pour Olivier

Un samedi soir d'octobre

– C'est quoi ce que tu portes au doigt ? C'est nouveau ?

C'est une bague, un anneau doré avec une énorme pierre bleu nuit. Audrée rougit, cache sa main derrière son dos.

– Oh ! ça ? C'est pas grand-chose, répond ma sœur devenue écarlate. Ça fait longtemps que je l'ai.

Tout en parlant, elle essaie de passer, de fuir, mais je lui bloque le passage. Le couloir est étroit et elle me ment, c'est sûr. J'aime asticoter ma grande sœur, c'est même mon passe-temps favori. Il faut dire qu'elle ne fait rien pour me faciliter les choses et tout pour m'agacer. Nous deux, c'est vraiment le jour et la nuit. Premier mauvais point, elle étudie la gestion à l'université avec ce qui va avec : elle adore les chiffres, les programmes informatiques et le droit. Deuxièmement elle écoute de la musique dégoulinante de sucrerie. Mais le pire (et j'aurais dû commencer par là, car le reste, ce n'est rien à côté), c'est son amoureux : Sébastien, un gringalet à lunettes, qu'elle se trimballe depuis la crèche.

Je mets de l'huile sur le feu, histoire de la voir s'embraser.

– Ça m'étonnerait ! Moi qui ai l'habitude de fouiller régulièrement dans tes affaires, je ne l'ai jamais vue !

– Comment ça tu fouilles dans ma chambre ? Mais je ne te permets pas !

Audrée est très premier degré, elle ne prend jamais les choses à la légère. C'est insupportable à la fin... Elle n'a aucun humour, est susceptible comme tout et tellement sérieuse. Elle a beau être majeure depuis six mois, j'ai l'impression qu'elle n'a jamais été jeune, qu'elle est passée directement des jupes de maman, de ses poupées à l'âge adulte avec plan de carrière, courbe de croissance et compte épargne.

– C'était pour rire ! Alors c'est quoi cette bague ? C'est un secret ? C'est Sébastien qui te l'a offerte, c'est ça ?

La voilà qui se tortille en se frottant nerveusement les mains.

– Oui, mais c'est une surprise normalement. On voulait l'annoncer ce soir à l'apéritif.

– Allez, tu ne me dis jamais rien… Je suis ta sœur quand même, ta seule sœur.

– Ben, c'est une bague de fiançailles, finit-elle par lâcher.

J'éclate de rire, je ne peux pas m'en empêcher.

– Et c'est quand le mariage ?

Elle se renfrogne, vire au vert.

– Je ne vois pas ce qu'il y a de drôle. On se mariera après nos études.

C'est-à-dire dans quatre ans.

– Je vois que vous avez tout prévu, planifié. Et quand est-ce que vous avez prévu de mourir ? Non, je rigole. Mais sérieusement, quand est-ce que toi, parce que Sébastien, je m'en fous, mais quand est-ce que toi tu as prévu de vivre, d'en profiter un peu ?

– Tu es mauvaise parce que tu es jalouse.

– N'importe quoi ! Moi au moins je ne suis pas déjà une vieille mémère à son nounours, moi je vis.

Ma sœur, désormais livide, prend une longue respiration qui ne me dit rien qui vaille, puis entreprend de me serrer le bras droit, le plus faible des deux. Je ne m'attendais pas à ça, à cette réaction.

– Parce que, toi, tu appelles ça vivre, embrasser le premier venu qui passe dès que tu as bu un coup de trop ?

– Ça va, j'ai compris. Lâche-moi, tu me fais mal.

– J'ai pas fini. Si tu préfères être malheureuse comme les pierres à chaque fois qu'on te jette comme une vieille chaussette, c'est ton problème ! Mais moi j'ai choisi de suivre d'autres voies… Excuse-moi de ne pas être une fille facile.

Les mots se bousculent dans ma tête. Je voudrais répondre quelque chose, mais je n'y arrive pas, c'est coincé dans ma gorge. Je claque les talons, puis la porte de ma chambre à en faire trembler les fenêtres. Je me frictionne pour effacer l'empreinte rouge que ses doigts ont laissée sur ma peau. Je l'entends qui retourne dans son domaine rejoindre son fiancé, qui est comme toujours en train de pianoter sur l'ordinateur.

Je ne suis pas une fille facile. Arrête! Arrête de dire ça! Ce n'est pas parce que je ne suis pas comme toi qu'il faut dire ça. Ce n'est pas parce que les autres ne te ressemblent pas que ce ne sont pas des gens bien. C'est trop facile de ranger les gens avec des étiquettes dans des tiroirs. Tu me fais pleurer et ça tu n'as pas le droit, pas le droit de me blesser, car ils me blessent, ces mots, tu le sais. Tu le sais bien et c'est pour ça que tu les choisis. C'est tout sauf facile, ma vieille, car tu es déjà vieille après tout, vieille dans ta tête. Tu es jalouse, parce qu'il ne t'arrive jamais rien, parce qu'il ne t'arrivera plus rien, avec ta bague au doigt, ton fiancé. Vous êtes ridicules, pitoyables. Tu me fais vomir avec ton ordinateur, ta bague de fiançailles, et ton air supérieur.

Tu dis que c'est moi qui le suis, jalouse. Parce que je suis seule, et que j'ai beau aller et aller, butiner, je reste toute seule, et personne ne m'appelle le soir pour voir si je vais bien, personne ne m'envoie d'e-mail avec je t'aime je t'aime et je t'aime. Pas de cadeaux, ni de mots doux, et encore moins de bague, de bague de fiançailles. Si tu savais comme je m'en fous de ta bague : elle est moche et je déteste les vrais bijoux, ça fait vieux, ça fait mort.

Mais tu m'as fait de la peine et ça ce n'est pas difficile, car si tu crois que c'est facile, c'est que tu ne sais rien, et comment pourrais-tu savoir ? Toujours avec ton amoureux, depuis toujours en fait. Dans ta chambre, je t'entends faire des messes basses, sans doute lui racontes-tu ce qui s'est passé dans le couloir. Son prénom, c'est Sébastien, mais tu l'appelles Seb, il faut l'appeler Seb. Et moi je déteste ça, ce diminutif, alors je dis Sébastien, et ça t'énerve, parce que je fais comme si on venait de me le présenter, et il restera toujours un étranger. Parce qu'il t'a volée à moi, qu'il t'a choisie comme sœur et que tu l'a choisi comme frère, et moi, à peine née, et déjà toute seule sans sœur.

Quand on me demande si j'ai des frères et sœurs, je réponds que je suis fille unique. Je suis unique. Tu vois, je ne suis pas facile. C'est tout le contraire, je suis complexe, compliquée, tandis qu'on lit en toi comme dans un miroir. Et il n'y a rien derrière, parce que tu es vide, transparente. On dirait qu'il t'a vidée de ta substance. On ne le saura jamais, à peine vous vous êtes vus, collés pour toujours comme deux frères siamois. Ce n'est pas ça l'amour. Ça ne peut être cela : si mou et vide, et si ennuyeux, ennuyeux à mourir. Quand je vous vois tous les deux, j'ai envie de vous secouer un bon coup, de vous décoller une bonne fois pour toutes et qu'on n'en parle plus et qu'on me rende ma sœur.

Ce soir, je vais encore danser, je ne voulais pas mais, dans cet état, je ne peux faire autrement. Si je reste ici dans la chambre à vous entendre roucouler de l'autre côté du mur, je vais encore vouloir mourir et j'en ai marre de toujours vouloir mourir, et quoi que je fasse de toute façon, et même si je vais danser, à la fin je vais vouloir mourir. C'est comme ça, on n'y peut rien. Papa dit que ça me passera, je ne sais pas, j'espère qu'il a raison. Et maman m'encourage à aller danser, mais elle pense : « J'espère que cette fois-ci ce sera le bon. » Elle l'espère de toutes ses forces et, à chaque fois, elle est déçue, je le sens, quand je lui annonce que c'est fini. Quelquefois elle laisse même échapper un « déjà » dépité. Quand je mens, que je dis que c'est moi qui l'ai quitté, elle me répond : « Tu as eu raison si ce n'était pas le bon, pas celui pour toi. » Je le savais bien. Mais je continue à m'accrocher. À chaque fois. Et je me fais jeter à chaque fois, à chaque fois c'est pareil.

De toute façon, maman, il n'y a pas de bon pour moi. Je ne suis pas faite pour être associée. La greffe ne prend pas, il y a incompatibilité. Ils disent que je suis bizarre ou folle ou trop « intellectuelle », ou trop sage, ou trop bourgeoise ou pas assez riche, ou trop ceci, pas assez cela. Il y a toujours quelque chose qui cloche. La plupart me trouvent collante, quand ils m'en laissent un peu le temps.

Maman, papa, je vous aime, même si quelquefois je vous fais pleurer. Ce n'est pas ma faute. C'est juste que j'aurais voulu qu'elle n'existe pas cette sœur-là. Ou qu'elle ne soit pas comme ça, elle a mal tourné. Elle n'est pas des nôtres, ce n'est pas une fille pour vous… et pourtant vous l'aimez. Je ne comprends pas à quel point vous l'aimez.

– Allez, Justine, arrête de bouder, ouvre ta porte. Je ne voulais pas te faire de peine. Excuse-moi, je n'aurais pas dû te dire ça, mais tu m'as provoqué en te moquant de ma bague, en étant méchante avec Seb. Viens, on va faire la paix.

Je ne réponds pas, je n'en ai aucune envie. Elle peut toujours essayer de se rattraper aux branches, c'est foutu depuis longtemps.

– Justine, arrête, j'ai dit que je regrettais. Je ne sais pas ce qui m'a pris. Bien sûr que c'est faux, tu n'es pas une fille facile.

Je montre le bout de mon nez. Elle s'est excusée, mais elle ne va pas s'en tirer comme ça. Je lui demande de me déposer à ma soirée pour se faire pardonner. Elle répond l'air gêné que ça ne tombe pas très bien, qu'elle a prévu d'aller au restaurant avec Seb pour fêter dignement ses fiançailles. Ce n'est pas comme ça qu'elle va recoller les morceaux. Je referme la porte d'un coup sec. Elle finit par murmurer qu'elle va s'arranger. J'ai gagné, encore gagné, je gagne toujours. Mais ça ne suffit pas.

– Tu pourras me ramener ?

– Tu exagères, il faut que je bosse demain.

– À quoi ça sert que tu m'emmènes si je ne peux pas revenir ? Tu préfères que je rentre avec un mec bourré qui risque de me violer à l'arrière de sa voiture ?

Ça fait son petit effet. Audrée tord sa bouche en se bouchant les oreilles. Il ne lui en faut pas beaucoup, c'est vraiment une petite nature.

– Oh non, Justine, c'est affreux ce que tu racontes ! D'accord... mais minuit, pas plus tard.

Minuit ? Elle rigole des genoux, je ne me couche pas avec les poules, moi ! J'essaie de négocier la permission de deux heures du matin. Elle finit par trancher : ce sera une heure, et qu'on n'en parle plus !

Je vais me faire belle, je veux être la plus belle, leur en mettre plein la figure. Je me fais couler un bain, un bain bien chaud, bien brûlant, comme je les aime. Ça va me détendre, je sais que ce n'est pas bon pour la peau, mais je m'en fous. Dans le miroir, je me regarde sous toutes les coutures : mes seins sont beaux, mon visage pas trop mal, trop de fesses, trop de cuisses, pas assez grande, les pieds affreux. Sur le bord de la baignoire sont alignés en rang d'oignons tous les produits de beauté d'Audrée, ça la rend tout sauf belle, et ça pue la noix de coco, la pêche ou la fraise. Je déteste ça. Comment elle fait? je ne sais pas, et Sébastien, qui partage ses bains, encore moins. J'allume un bâtonnet d'encens. Ça tourne la tête.

Mes cheveux sécheront sur ma tête. Je sors de la salle de bains comme une furie.

– On y va, je vais être en retard.

– Justine, je t'attendais pour annoncer la nouvelle aux parents. Et je voudrais utiliser la salle de bains, tu es dedans depuis une heure.

Je lui jette un sale regard, alors elle change d'avis:

– Bon je t'emmène, et puis je reviens après à la maison. Où est-ce que j'ai mis mes clés?

Ses clés? Comme si c'était sa voiture! C'est celle de Sébastien. Le jour de ses dix-huit ans, il a eu sa petite Clio grise, comme c'est original. Je préfère ne rien dire, il faut qu'elle fasse le taxi, il faut qu'elle paie.

J'embrasse papa et maman, qui sont en train de prendre un whisky devant le feu de cheminée en grignotant des carottes crues comme des lapins pour ne pas grossir. Ils ont un esprit de contradiction qui n'est pas pour me déplaire. Papa me dit que je suis belle, comme toujours. Audrée tire la tronche, il ne le lui dit jamais. Maman me souhaite de passer une bonne soirée, de ne pas trop boire, en tout cas pas comme la dernière fois où j'étais tellement saoule que j'ai passé ma nuit dans la salle de bains, et j'ai fini par boucher le lavabo avec mon vomi. Cette nuit-là, j'ai eu tellement honte qu'elle me voie comme ça, dans cet état, que je lui ai juré que c'était la dernière fois. Ma jolie maman (belle, elle, pas comme cette mocheté d'Audrée, enfin pas vraiment moche, mais vraiment commune, on ne peut plus commune, et terne, les cheveux lisses, les yeux délavés, la peau trop blanche, on dirait un fantôme) me caresse la joue :

– Fais attention à toi, mon bébé.

Je sais qu'elle a peur, peur qu'il m'arrive quelque chose, et notamment avec les garçons, peur qu'ils me fassent du mal, qu'ils me fassent de la peine, qu'ils me donnent encore envie de mourir, envie de boire et de boire jusqu'à vomir. Mais maman, il ne faut pas avoir peur des garçons, des hommes, c'est de moi que tu devrais avoir peur, peur que je me fasse du mal, toute seule, comme une grande. Mais maman, si tu savais comme je tiens à la vie, comme je t'aime et toi mon papa tout doux, mais pas cette sœur, avec son amoureux, son fiancé que je n'aime pas et qui gâche tout par sa présence, toujours fourré chez nous, aux fêtes notamment. Il n'a pas de famille ou quoi ? Je sais que non, ou presque, et qu'il est question qu'il vienne vivre chez nous, à plein temps, et c'est une calamité. J'ai déjà prévenu les parents que c'était lui ou moi. Mais ils ne me prennent pas au sérieux, ils pensent que je suis plus gentille que je ne le suis. Je ne suis pas gentille. Ce n'est pas que je suis méchante ou peut-être si, c'est peut-être ça que je suis. C'est juste que je veux sauver ma peau.

Dans la voiture, à la place du mort, Audrée se ronge les ongles. Ça fait un petit bruit détestable, on dirait un écureuil, non c'est trop mignon un écureuil, elle ressemble plutôt à un lapin.

– Arrête avec tes ongles ! Ça m'énerve !

Et maintenant elle se met à soupirer toutes les cinq secondes.

– Arrête de soupirer !

– Tu es trop dure avec ta sœur, dit Sébastien en continuant à regarder la route, avec son ton de grand frère.

Ce n'est pas mon frère.

– Ta gueule, Sébastien !

Audrée commence à pleurnicher. Mais elle finit toujours par pleurnicher à un moment ou un autre avec son ton geignard de lapin écorché.

– Pourquoi tu es comme ça ? Qu'est-ce qu'on t'a fait ? Et puis pourquoi tu ne veux pas l'appeler Seb, comme tout le monde ?

– Parce que ça m'écorcherait la bouche, et la gueule aussi.

S'en suit un silence de plomb. Mais Sébastien ne s'énerve pas. De toute façon, il ne s'énerve jamais. Moi, si j'étais lui, je freinerais, et je jetterais sa future belle-sœur sur le trottoir. Mais il ne bronche pas, ce mou du genou. Je n'ai jamais vu quelque chose d'aussi mou.

Quand je descends de la voiture, Audrée marmonne :

– Tu te débrouilles pour rentrer. Appelle les parents si tu veux, moi je m'en fiche, je m'en lave les mains. Tu ne vas pas me gâcher ma soirée.

Elle ne me regarde pas, les yeux dans le rétroviseur, les dents serrées, comme siffle un serpent. Je claque la porte et je ricane :

– C'est ça, c'est ça. À tout à l'heure, à une heure, n'oublie pas.

Je me déteste. Je la déteste de me faire parler comme ça. Je tremble de partout. Pourquoi elle me met dans des états pareils ? Pourquoi je me mets dans des états pareils pour deux de rien du tout, des moins que rien ?

La soirée, c'est dans une salle des fêtes près de la forêt, du terrain de foot et de la zone d'activités avec l'entrepôt des bus et des bureaux dans des sortes de préfabriqués. Je crois qu'il y a aussi une usine d'autocollants. C'est moche. À l'entrée, je paie avec le billet que j'ai dans ma chaussure. Deux malabars qui font office de vigiles me tamponnent une sorte de mouton rouge sur la main, pour sortir et entrer sans avoir à repayer. Pour ce qu'il y a dehors… Ils m'ont prise par surprise car, si j'avais su, j'aurais refusé. Je ne suis pas un mouton ! Ce n'est pas un méchoui !

Après avoir déposé mon manteau au vestiaire, la première chose que je fais, c'est d'aller aux lavabos pour essayer d'enlever cette saloperie. Et ça ne part pas, pas complètement, et c'est encore plus nul comme ça.

Il n'y a pas grand monde pour le moment. Une fois de plus, je me suis pointée trop tôt. Pourquoi je suis venue ? Je ne sais pas, je ne connais personne. Je ne peux même pas fumer pour me donner une contenance, je ne fume pas, je ne peux pas, je ne sais pas. J'ai essayé mais c'est une véritable catastrophe, on dirait un dragon et ça me brûle la gorge. J'aurais bien aimé fumer, en tout cas pour des moments comme celui-là. Alors je vais boire, qu'est-ce que je peux faire d'autre ? Personne ne danse encore. Avec le tampon, on a droit à une consommation gratuite. À la buvette il y a deux autres malabars sortis du même moule, une taille en dessous de ceux de l'entrée. Ils ne me croient pas, ils pensent que je suis entrée sans payer à cause de mon mouton effacé. J'hésite entre me mettre en colère (au risque de me retrouver dehors) et faire ma douce, ma gentille, ma mignonne, même s'ils me sortent par les yeux. Qu'est-ce qu'ils ont à m'emmerder avec leur mouton à la noix ?

– Il s'est effacé quand je me suis lavé les mains mais regardez là, on voit les pattes et puis là, un bout du museau.

– Ah oui, c'est vrai ! Tu veux boire quoi alors ?

– Une vodka orange.

– On ne vend pas d'alcool ici. C'est une soirée pour la cellule antialcoolisme chez les 15-20 ans. Tu n'as pas vu les panneaux ?

Quels panneaux ? Je ne suis pas venue pour lire : pour ça, je suis bien mieux dans mon lit. Et puis de toute façon, sans mes lunettes, je suis incapable de déchiffrer quoi que ce soit à moins de vingt centimètres.

– Quoi ? Vous rigolez, j'espère !

– Non, pas du tout. Désolé, jeune fille…

C'est la catastrophe ! Moi il me faut un verre ou deux ou trois pour démarrer une soirée, surtout une soirée comme ça, sinon c'est bien trop glauque, et j'ai envie de m'enfuir en courant, de retourner dans les jupes de ma mère. Je dois avoir une mine vraiment catastrophée, décomposée.

– Moi aussi je me suis fait avoir.

C'est un garçon accoudé au bar qui a dit ça. Il est châtain clair, les cheveux en pétard, des yeux gris. Très grand, mince. Il n'est pas trop mal. Mais il y a quelque chose que je n'aime pas chez lui : il a l'air trop sûr de lui et sourit avec un air moqueur. On dirait qu'il me prend pour une alcoolique, une en manque, une toxico, une accro, une je-ne-sais-quoi. Je le fusille du regard. Il sourit de plus belle. On dirait Rhett Butler dans *Autant en emporte le vent*, quand il remarque tout le petit manège de Scarlett O'Hara pendant la scène du bal.

Je traverse la salle, me rapproche des baffles. La musique est plus forte, j'aime bien cette chanson. Enfin ce n'est pas ça : je n'aime pas cette chanson dans l'absolu, je la déteste même, mais je l'aime bien pour danser, pour cet usage-là. Je commence à danser. Je dois être la seule ou presque. Tant pis ! Je ne veux pas la rater. Je ferme les yeux... Comme ça, je ne vois pas les autres me regarder. Comme ça, les autres ne me regardent pas. C'est moi et la musique et c'est tout. Cette chanson et moi... ailleurs, pas dans cette salle des fêtes glauque, dans cette soirée déprimante où il n'y a pas une goutte d'alcool. Les yeux fermés, je me concentre sur les mouvements, ceux des jambes, ceux des bras. Je sens la musique partout, elle me traverse, me transperce, je fais l'amour avec la musique. C'est comme ça que je vois ça, faire l'amour. Pour l'instant, je ne sais pas, je ne fais pas. Ce serait trop facile, pour eux, pour moi. Tu vois, ma méchante sœur qui arrive dans la danse, tu vois bien que je ne suis pas une fille facile, je ne couche pas. Une fois je t'ai dit ça, et tu m'as répondu, c'est pire alors, tu es une allumeuse. Oui je suis une lumière dans la nuit de la danse, je brille de mille feux. Attention je brûle ! Je suis tellement bien dans la danse que je pleure.

C'est une autre chanson maintenant, celle-là aussi je l'aime bien pour danser. J'entrouvre les yeux. D'autres dansent autour, ils ne me regardent pas spécialement, sauf celui que j'appelle Rhett Butler dans ma tête, qui n'est plus près de la buvette sans alcool, mais contre le mur. Il s'est rapproché, il me regarde, il sourit encore, ses yeux brillent. On dirait un loup. J'éteins son sourire, je referme les yeux et je repars loin, si loin. Ça doit être ça faire l'amour, partir si loin, on parle de petite mort, ma danse est une petite mort. Et je continue à danser les yeux fermés, sans m'arrêter, sinon… sinon…

J'ouvre les yeux à nouveau, un garçon est devant moi, je ne le connais pas. Il est mignon, assez mignon, très mignon même. Il me regarde, il me dit avec ses yeux «si tu veux», je réponds avec mes yeux «si tu veux». Souvent c'est comme ça que ça se passe. Ou c'est le contraire: je commence et le garçon répond ou non. Moi je réponds rarement non, je ne sais pas dire non, ou alors il faut qu'il soit vraiment très très moche (et encore il y a eu des mecs pas terribles quand j'y pense, genre gueules cassées, mais avec quelque chose quand même).

Là, dans le cas présent, je voudrais répondre «je ne veux pas» pour montrer à Audrée, même si elle n'est pas là, que je ne suis pas ce qu'elle croit. Mais Rhett Butler contre le mur continue à sourire et ses yeux à briller. Alors j'embrasse le garçon devant moi à pleine bouche, et il a l'air même surpris que ça se fasse si vite, que ça se passe si facilement. Que ça soit moi qui l'embrasse à pleine bouche, comme j'aime le faire, mais pas avec la langue, je déteste ça, mettre la langue, je trouve que ça fait limace. J'impose ma manière, c'est une sorte de combat pour savoir qui mène la danse, et c'est moi, c'est moi qui mène la danse, du moins au début, après c'est une autre affaire, après c'est la dégringolade.

– Je m'appelle Mounir.

Je suis surprise que le garçon me dise son prénom. Je pensais qu'on allait juste s'embrasser, et surtout ne pas parler. Faire semblant d'apprendre à se connaître, cette comédie ! Il attend quelque chose :

– Et toi, tu t'appelles comment ?

Qu'est-ce que ça peut bien lui faire ? Qu'est-ce qu'un prénom ? Ce n'est rien, juste une étiquette de plus.

– Justine.

– C'est joli !

Cinéma ! Il dit que c'est joli mon prénom et je sais qu'il ne le pense pas.

– Tu veux encore danser, ou prendre un verre ? Ou...

– On reste comme ça, j'aime bien.

– D'accord, si tu veux.

Oui je veux et toi tu veux, tu veux ou tu veux pas, si tu veux pas, j'en ferai pas une maladie. Et on continue à s'embrasser, en dansant à moitié, surtout moi. À s'embrasser au milieu des autres dans la musique. Et c'est un moment magique, ça je ne peux le nier, dire le contraire. Ça, personne ne peut me l'enlever, même si après ça va se gâter. On reste comme ça, j'aime bien, dans la magie du début, dans cette magie au milieu de la danse. Inconnus, ou presque. Juste deux prénoms, c'est tout.

Je l'embrasse à pleine bouche. Maintenant il s'est habitué je crois. On danse dans nos bouches ensemble. Dans sa bouche il y a un goût de cigarette, et puis de menthe aussi. Par moments, je me niche dans son cou, j'adore l'odeur des cous des garçons. Et puis on danse à nouveau, en se tenant par la main, en se regardant. Il y a des étincelles dans ses yeux, je crois qu'il veut faire l'amour avec moi. Je vais encore devoir dire non, et ça va encore tout foutre en l'air. Ce n'est pas que je ne veux pas, dans la musique, je crois que je le voudrais bien en fait, je le sens dans mon ventre. Mais il ne faut pas, sinon après il n'y aura pas de fin. Je veux attendre de tomber amoureuse, qu'on me laisse au moins le temps d'être amoureuse. Pour une fois, une petite fois.

Ce garçon-là me plaît bien, plus je le regarde et plus il me plaît. Sa peau cuivrée est si belle. J'adore ses grands yeux noirs en amande, ses longs cils recourbés. Il a un peu des yeux de fille. Il n'est pas très grand, mais suffisamment pour poser ma tête sur sa poitrine. Il est assez costaud. J'aime passer mes doigts dans ses boucles noires. Ça y est, je crois que je suis amoureuse. Il n'en faut pas beaucoup, pas plus que cela.

– Viens, j'ai soif! me dit Mounir en m'entraînant vers la buvette.

Les deux armoires à glace ne m'ont pas oubliée :

– Mademoiselle, on n'a toujours pas de vodka orange.

Mounir a un mouvement de surprise, il les dévisage comme s'il voulait les frapper. Une seconde, j'ai envie de lui dire : frappe, frappe, cogne-les un bon coup, ils n'ont pas voulu me donner à boire. Casse-leur la gueule et garde des forces, garde des forces pour le copain de ma sœur, si tu pouvais lui démolir le portrait, l'enlever du circuit, du secteur, ça m'arrangerait. Mais garde des forces pour m'embrasser encore et encore dans la musique.

Mais je ne dis pas ça, c'est juste dans ma tête, ces idées folles qui viennent malgré moi, il faut bien le dire, ces idées malades. À la place, je joue la carte de l'humour décontracté :

– Fais pas attention, ce sont de joyeux plaisantins.

– Tout à l'heure pourtant tu avais l'air bien déçue…

C'est Rhett qui a parlé. Je ne l'avais pas vu arriver. Il faut croire qu'il me suit.

– C'est quoi ces conneries ? C'est qui ce mec ?

Mounir est de plus en plus énervé. J'ai envie de répondre : c'est Rhett Butler, mais cela n'arrangerait pas la situation et j'en ai marre d'arranger la situation.

– Je sais pas, je le connais pas. Il me regarde depuis tout à l'heure, tu n'as pas remarqué ?

Ça ne lui plaît pas à Mounir, mais pas du tout. Il attrape Rhett Butler par sa veste en jean :

– Arrête de regarder ma copine, sinon ça va mal se passer entre nous.

J'ai presque envie de rire, et Rhett Butler aussi, je crois, mais il fait de gros efforts pour s'en empêcher.

– D'accord, *hombre*, y a pas de problème.

Mais avant de partir, il me lance :

– Dommage, moi je t'aurais déniché quelque chose à boire, tu sais.

Il n'aurait pas dû prononcer cette dernière phrase. Il s'en rend compte quand le poing de Mounir entre en contact de son arcade sourcilière gauche. Je hurle en tirant Mounir de toutes mes forces.

– Arrête, mais arrête ! Il n'a rien fait !

Les deux Monsieur Muscle de la buvette attrapent Mounir et l'entraînent dehors et moi avec, puisque je suis accrochée à Mounir. Si je le lâche à ce moment-là, je vais tomber, me retrouver les quatre pattes en l'air et ce ne sera pas très glamour.

Mounir est encore assez nerveux, mais je crois quand même que les clones de la buvette, plus les deux de l'entrée, l'impressionnent un minimum. J'ai laissé mon manteau au vestiaire, mais ce n'est pas le moment d'aborder ce problème d'intendance.

– Excuse-moi, je ne sais pas ce qui m'a pris. On se connaît à peine, mais j'ai trouvé qu'il te manquait de respect.

– C'est gentil de ta part…

Je déteste ça, la violence, cette forme de violence. Se battre pour moi, quelle horreur ! Je ne suis pas un trophée ! Je ne suis pas à prendre !

Je préfère quand on s'embrasse, alors je l'embrasse encore, mais un peu moins à pleine bouche, parce qu'on est dehors, presque que tous les deux. Et que je ne le connais pas. Je sais juste son prénom et qu'il frappe fort.

– Tu veux qu'on fasse quoi maintenant ? me demande Mounir en me caressant la joue.

– Je ne sais pas.

– Tu as peur ? Je t'ai fait peur, c'est ça ?

– Bien sûr que non, mais c'était très… très… Il faut dire que t'es très costaud, et que lui pas trop.

Je lui tâte les biceps. C'est vrai, c'est très impressionnant. Il boude la tête baissée. (Il a les lèvres boudeuses naturellement de toute façon.)

– À une heure, ma sœur et mon futur beau-frère viennent me chercher, on peut rester ensemble d'ici là. Il faudra quand même que je retourne récupérer mon manteau...

– Oh ma puce ! J'avais pas vu, tu vas avoir froid.

Il enlève son blouson et le pose sur mes épaules. Je m'assois sur le muret qui donne sur le parking des autobus. Il m'embrasse, commence à passer ses mains partout sur mon dos, mes cuisses, le ventre. Je lui tends ma nuque, il l'embrasse. Après je lui fais un suçon dans le cou, il crie :

– Mais t'es folle ou quoi ?

Après il rit et m'en fait un aussi sur l'épaule en poussant la bretelle de ma robe. Il embrasse mon cou et descend un peu. Je me dégage :

– Il est quelle heure ?

– Une heure moins dix.

– Il faut que je file au vestiaire, sinon mon carrosse va se transformer en citrouille.

– T'es bizarre toi. Je t'aime bien, mais t'es quand même bizarre.

J'attends que l'on convienne de quelque chose, qu'il me donne son numéro ou qu'il me demande le mien. Il attend aussi. Celui qui dégaine le premier aura perdu.

Amstramgram… Ce sera moi.

– Bon j'y vais, à… demain ? Bientôt ? Peut-être ? Jamais ?

– Demain si tu veux. J'habite en banlieue nord, de l'autre côté de Paris. Le plus simple, c'est qu'on se donne rendez-vous devant le Virgin des Champs-Élysées. On a qu'à dire quinze heures. Ça te va ?

J'acquiesce, mais grimace à l'intérieur. Je déteste les Champs-Élysées mais, en amour comme en amitié, il faut bien faire quelques petites concessions. Je lui demande son numéro au cas où j'aurais un empêchement, que je puisse le prévenir. Il n'a pas l'air d'y tenir, il répond que de toute façon il y traîne tous les dimanches avec ses copains. Il doit avoir une vie passionnante. Passons… C'est encore à moi de me mouiller :

– Je te donne le mien dans ce cas. Je vais emprunter un stylo aux monstres de l'entrée. Tu m'attends ?

– J'ai tout mon temps, moi. C'est toi qui dois partir, n'oublie pas, on aurait pu encore passer un bon moment tous les deux, non ?

Je lui souris, je ne sais pas ce que je glisse derrière ce sourire, c'est un sourire comme ça. Je cours voir les vigiles, je leur quémande un stylo. L'un d'eux ricane :

– Tu veux revoir cet abruti ? Les filles, je les comprendrai jamais.

Je note mon numéro sur un ticket de bus que je trouve par terre. J'embrasse une dernière fois à pleine bouche mon nouvel amoureux avant de lui rendre son blouson.

Les deux Monsieur Propre font mine de tergiverser avant de me laisser entrer, prétextant que je suis un élément perturbateur et qu'il n'y a plus la queue d'un mouton sur ma main. Je dois promettre d'être sage comme une image et de me volatiliser à une heure sonnante et trébuchante.

Près du vestiaire, assis sur une chaise, Rhett Butler a l'air complètement sonné. J'essaie de me faire aussi petite qu'une souris. Mais il me voit, et derrière sa grosse bosse sur le front et son œil bleu tout rouge, il me refait son regard amusé :

– Alors t'as plus soif ?

– T'es vraiment qu'un connard !

Moi qui étais prête à m'excuser une seconde plus tôt...

Je ressors. Mounir s'est volatilisé. Il n'y a personne qui m'attend.

J'attends toujours. Comme une conne. Peu à peu la salle se vide. Des mobylettes démarrent, des vélos sans phare s'évanouissent dans la nuit. Des parents viennent chercher leurs petits. Des filles partent à pied par grappes en se tenant le bras. Et moi je suis seule. J'attends, stoïque, debout, raide comme un piquet. J'attends, même si je vais finir par croire qu'Audrée a mis sa menace à exécution, et franchement je ne pensais pas qu'elle en serait capable. Elle va m'entendre ! J'aurais dû prendre mon portable. J'attends encore un peu et après je serai obligée de trouver un moyen d'appeler mon père, le réveiller, alors qu'il a tant de mal à se rendormir avec ses insomnies à répétition. Quelle sale chienne, quelle fille indigne ! Mais je sais que je l'ai mérité, je le sais au fond de moi, je ne peux pas être de mauvaise foi à ce point-là. Oui mais c'est elle qui a commencé ce soir, c'est elle qui m'a traitée de fille facile, moi je n'avais rien demandé. Je suis vraiment de mauvaise foi.

Je ne suis pas une fille facile. Hein ? Peut-être que si à la fin ? Elle a peut-être raison après tout. En y repensant, en prenant la peine d'y réfléchir deux minutes. Souvent quand j'ai un méchant temps mort, plus ou moins long, et que je n'ai pas de bouquin à la main, de carnet où déverser ma colère, je mets à contribution ma mémoire pour me souvenir de tous mes « copains ». (Copains est un grand mot, je crois, remplaçons-le par « garçons avec qui je suis sortie » ou encore plus simplement « garçons que j'ai embrassés ».) Et c'est vrai que la liste est longue, très longue, trop longue peut-être, et je ne pourrai jamais écrire ça quelque part, j'aurais trop peur qu'on la trouve, surtout Audrée, je me méfie d'elle, elle n'est pas fiable. La preuve, elle m'abandonne en pleine nuit dans ce lieu situé nulle part, près de la forêt, qui commence à attirer les loups-garous, les farfadets et les sorcières démoniaques.

Il y a des mecs dont je ne me souviens presque pas (la plupart en fait). Ceux dont je ne connais pas le prénom, on a dû me le dire, mais j'ai dû oublier : Thomas, Éric, Stéphane, Nicolas, Christophe, Nordine, Laurent, ça se mélange dans ma tête, c'est du pareil au même. Le plus simple, c'est de me souvenir d'une soirée, d'une fête, et d'y associer ensuite le garçon du soir ou de l'après-midi (quand c'était encore des boums, c'est-à-dire il n'y a pas si longtemps). Et là je peux revoir *grosso modo* la scène et de façon très floue les traits du copain en question. Ce que je sais, c'est comment ça finit : mal. « Les histoires d'amour finissent mal en général », dit la chanson. C'est pas en général, c'est toujours. « J'ai horreur de l'amour », ça, c'est le titre d'un film d'auteur français. J'adore ces deux phrases. Si je devais écrire cette foutue liste, ce listing à deux francs six sous, je pense que je les mettrais en exergue.

Mais maintenant ce ne sont plus des chagrins d'amour, c'est fini ça, quand je pleurais pendant des jours et des jours, les yeux gonflés, les yeux rougis, errant comme une âme en peine dans les allées du collège, le cœur déchiré, broyé, broyant du noir. En me regardant souffrir avec délectation, jetant des tentatives de poèmes sur des feuilles volantes que je brûlais ensuite. Non ça c'est fini, plus jamais ça. Maintenant j'ai mal un bon coup, j'ai envie de mourir un bon coup et puis ça passe, très vite en général, au bout de deux trois heures guère plus. Et si c'est plus long, je soigne le mal par le mal, le mal à la racine, je prends le taureau par les cornes, et je vais danser. « Si tu veux, si tu veux », ça marche à tous les coups ou presque. Il suffit de ne pas être trop difficile.

Il est tard, très tard, ça va faire une heure que j'attends. Et je n'en peux plus, j'ai mal aux jambes d'avoir trop dansé, mal aux lèvres d'avoir trop embrassé, mal à la tête d'avoir trop pensé. Il faut que j'appelle papa, tant pis pour ses insomnies. Il n'aura qu'à s'en prendre à celle qui lui tient lieu de fille aînée.

Je retourne voir les vigiles. Ça a l'air de les faire rire. La fête brille de ses tout derniers feux, avec les sempiternels slows de fin de soirée.

– Tu veux encore entrer? Fallait te réveiller avant ma cocotte! On va bientôt fermer boutique.

– J'ai comme l'impression que son petit papa a oublié de venir la chercher, ricane l'autre.

Je me retiens de les traiter de gros crétins et les supplie de me prêter un portable. Je compose le numéro de la maison, ça sonne dans le vide. Je m'en souviens maintenant, il était question qu'ils aillent dîner chez des amis. J'ai envie de balancer le portable par terre.

– Du calme, ma jolie, avec le matériel...

– On te dépose quelque part?

Ils me font peur, ils sont bien trop costauds, bien plus que Mounir, et puis toutes ces ombres, ces ogres, ces fantômes qui rôdent de plus en plus. Mais pour appeler un taxi, je dois réquisitionner une nouvelle fois leur mobile.

Au même moment, Rhett Butler sort. Il a l'air requinqué quoique assez amoché. Il n'y est pas allé de main morte mon nouvel amoureux que j'ai, du moins jusqu'à demain.

– Toujours là? Qu'est-ce qui se passe?

Il semble sincère pour une fois et je suis vraiment épuisée.

– Tu n'aurais pas un téléphone pour que je commande un taxi? Je n'ai pas envie de retourner voir ces montagnes de muscles sans cervelle.

Il propose de me ramener sur sa mobylette. Je réponds que je veux bien d'une toute petite voix. Je commence à le suivre jusqu'au parking des engins à deux roues quand je vois arriver la Clio grise de Sébastien. La vitre descend, Audrée demande d'un air soupçonneux :

– Tu vas où comme ça ? Si ma mémoire est bonne, tu nous as demandé de venir.

– Ça fait une heure que j'attends…

– Ah bon, je croyais que tu préférais deux heures ? Si on avait su, on serait allés se coucher plus tôt.

J'ai envie de l'étriper et en même temps je suis contente qu'elle soit là.

– Tu ne nous présentes pas ton *nouvel* ami ?

Il y a de l'ironie cachée dans sa voix, je la connais.

– Je sais pas comment il s'appelle.

Ma sœur ne peut s'empêcher de lâcher un grand soupir. Sébastien secoue la tête l'air de dire : « Mais quelle pauvre fille, pauvre fille facile. »

– Je m'appelle..., *madame.*

Madame. Je prends sur moi pour ne pas éclater de rire, sinon mon carrosse va se volatiliser, mais je n'ai pas réussi à entendre le vrai prénom de Rhett, une moto a pétaradé au même moment.

– Bon au revoir et merci pour... Et je suis désolée de ce qui s'est passé avec... Pour ton œil et tout ça. Et pardon aussi de t'avoir traité de... (et dans son oreille, je glisse) de connard.

Il sourit toujours avec ses yeux qui brillent. Je monte dans la voiture, je crois entendre : « Au revoir Scarlett. » Mais je n'en suis pas sûre.

À la maison, papa est dans le canapé en train de regarder la télé, des rediffusions. Il n'arrive pas à dormir. Il nous demande si nous avons passé une bonne soirée. Audrée ouvre la bouche, c'est un moulin à paroles. Je pense qu'il n'en demandait pas tant, c'était juste par gentillesse, par politesse. C'est pour ça que je n'ai pas posé la question : je n'ai pas le temps d'être polie, je suis honnête, moi. Pourquoi poser une question dont je n'écouterais pas la réponse ?

– Et toi, ma belle ?

– Y a eu mieux, mais j'ai vu pire. Je me couche, je suis crevée.

En passant devant la bibliothèque, je me sers discrètement un verre de whisky. Ma sœur me fait les gros yeux, laisse tourner sept fois sa langue dans sa bouche.

– C'était une soirée sans alcool. Je suis en manque.

Elle se décompose un peu plus, mais reste muette comme une carpe.

J'emmène le verre dans ma chambre. Sans jus de fruits ni Coca, ça me brûle la gorge, je le bois doucement en grimaçant, jette la fin dans le lavabo, me lave les dents pour chasser le goût. Je cache le verre dans ma penderie, on verra demain.

Je n'ai pas envie de dormir. Ça tourne dans ma tête. La soirée, Mounir, les quatre malabars et Rhett Butler. Je ne sais pas si j'irai demain, au rendez-vous. À bien y réfléchir, je ne crois pas. J'en trouverai un autre, un amoureux à embrasser à pleine bouche, à embrasser dans le cou. Celui-là, je crois qu'il n'est vraiment pas fait pour moi. J'ai eu si peur quand il a frappé Rhett. Je ne pensais pas qu'il y avait cette violence en lui. Il faut dire que je ne le connais pas. Ça m'apprendra à embrasser à pleine bouche des garçons que je ne connais pas… De toute façon, il ne viendra sans doute pas. Le coup du lapin, ça va, j'y suis abonnée !

Demain je vais me lever tard, marcher dans la forêt voir l'automne qui commence, regarder un DVD, continuer mon bouquin ou tout simplement rédiger ma dissertation pour mardi ou réviser mon contrôle d'histoire. Une journée calme, tranquille, ces journées où je pourrais même ne pas sortir. Ou demain j'irai à Paris, mais dans un autre quartier. Je pourrais visiter un musée, le cimetière du Père-Lachaise ou un parc. S'il appelle, je ferai dire que je suis malade, que c'est un faux numéro, n'importe quoi. Moi aussi je peux le faire, il n'y a pas de raison. C'est une rébellion, c'est une révolution, je suis en mutation.

Je me tourne et retourne dans mon lit. Comme chaque nuit, je serre contre moi mon poupon Nicolas, qui me suit depuis l'enfance.

Lui, il ne me déçoit jamais, il est toujours là pour moi, à recueillir ma colère, ma joie, mes tourments, mes larmes de crocodile.

Je n'ai vraiment pas sommeil. Je me relève, m'assois à mon bureau. J'arrache une feuille de mon cahier d'humeur du moment comme je les appelle, entreprends de coucher sur le papier ma fameuse liste d'amoureux. J'ai peur d'oublier à force d'essayer d'oublier.

Voilà, c'est fait. Je n'en ai jamais été spécialement fière, mais là encore moins, maintenant que je vois ce qu'il en reste. Rien, de la fumée, du néant, c'est le vide absolu, et ça me laisse un sentiment de solitude immense.

Sur une trentaine de noms, la moitié seulement a dépassé le stade de la journée ou pire de la soirée. Sur ces quinze, dix ont duré moins d'une semaine. Ce n'est vraiment pas brillant.

J'en ai quitté deux: le premier et le dernier. Le dernier, c'est Mounir, si effectivement demain je n'y vais pas, et si on appelle ça quitter cette forme de lâcheté qui consiste à ne pas se rendre à un rendez-vous pour faire comprendre que c'est fini. Mais, dans le cas de Mounir, ce n'est pas vraiment commencé, ça aurait pu être un autre, ce soir, peut-être Rhett Butler, qui sait ? S'il avait été un peu moins… arrogant, avec cette manière de dévisager les gens comme s'il voyait clair dans leur jeu.

Mais, ils peuvent bien me jeter comme une vieille chaussette, je prends ce qu'il y a de bon à prendre, je suis un vampire. Je les vide de leur substance, après il ne reste rien, que du mou, du gras sans cervelle, alors ils peuvent bien me quitter, moi je m'en fous. Lui ou un autre, c'est la même fonction, le même besoin à satisfaire.

Demain je n'irai pas, ce sera un bon début.

Dans mon demi-sommeil, Rhett Butler, son visage, son sourire, ses yeux qui brillent amusés viennent à moi. Dans mes rêves, je porte une robe verte à volants, je suis Scarlett et je danse avec Rhett Butler.

Un vendredi midi de novembre

J'ai l'impression que ce cours de français n'en finira jamais. J'adore cette matière, là n'est pas la question, mais ça fait déjà dix minutes que la prof m'a rendu ma copie, et elle n'a toujours pas fini, avec un petit laïus pour chacun d'entre nous. Je trépigne, je n'ai qu'une envie, que la sonnerie sonne et qu'on en finisse et que je retrouve Cédric, que je lui donne la cassette que je lui ai préparée hier, une compilation de tous mes morceaux préférés.

En plus, j'ai quelque chose de très important à lui dire concernant ma sœur. Il s'intéresse à moi, à ma vie : il m'a dit qu'il voulait tout savoir. Quand il m'a appelée hier soir, je n'ai pas voulu lui en parler. Mais là, j'ai vraiment besoin de lui dire, de le dire à quelqu'un, dire qu'elle va partir de la maison, que je ne sais pas encore si j'en suis soulagée ou non.

J'ai rencontré Cédric il y a quatre jours dans le RER en revenant de Paris. C'était la fin des vacances de la Toussaint. Ce fut magique et très bref. Depuis Mounir, j'ai boycotté toutes les soirées. C'était ma bonne résolution (et pourtant ce n'est pas encore la nouvelle année) : ne plus être une fille facile… du moins pendant quelque temps. Depuis un mois, je ne fréquente plus les endroits où l'on danse, boit (en principe) et où l'on embrasse quelqu'un avant de connaître son prénom. (Il faut mettre *je* à la place du *on*. Parfois c'est plus facile de dire *on*.) Cédric, je l'ai donc rencontré mardi après-midi dans un train en revenant de Beaubourg : de jour, sans danser, sans boire. C'est plutôt inhabituel.

Le premier jour, on ne s'est pas embrassés, juste un bisou sur la bouche au moment de se dire au revoir, et encore c'était presque un accident. Ça aussi c'était inhabituel, pas de baiser à pleine bouche *illico presto.* Je lui ai donné mon numéro et deux heures après il m'a téléphoné pour qu'on se revoie le lendemain.

Et le lendemain, il ne m'a pas posé de lapin et moi non plus. J'y suis allée, le cœur battant. On avait prévu d'aller au cinéma, mais finalement on s'est promenés dans la forêt, parce qu'il faisait beau, avec les feuilles rouges, jaunes, orange, et d'autres bien mortes, rouille, qui crissaient sous les pieds. À la fin, on s'est roulés dans un tapis de feuilles mortes en s'embrassant à pleine bouche. Mais à la fin seulement.

On s'est fait la bise en se disant bonjour, après dans la forêt, on a pas mal parlé. Il a mis du temps avant d'oser m'attraper la main. J'ai veillé à ne pas trop prendre les devants, à ne pas montrer trop d'empressement. Pourtant plus ça allait, plus l'après-midi passait, plus j'avais envie de lui sauter dessus. Je lui ai posé plein de questions, et tout ce qu'il répondait sur n'importe quel sujet me plaisait. Il était doux, attentionné, ouvert. Dans ma tête, comme une débile, ça clignotait « attention, attention, tu vas encore tomber amoureuse », et puis aussi « c'est lui, c'est lui ». Le soir, il m'a appelée assez tard, sur mon portable, longuement. Il m'a dit un tas de trucs vachement gentils, des compliments.

Après Audrée m'a demandé : « Qui c'était ? Ça m'a réveillée. » Quand je vous dis que c'est une mamie ! Heureusement qu'elle part, qu'elle part enfin, je vais pouvoir enfin respirer.

La sonnerie, la délivrance ! Je tords ma copie en la glissant dans ma sacoche, y jette mes affaires, ne prends même pas la peine de saluer Mme Leblanc. Je cours, je vole.

Mon amour est là, au bout du couloir, accoudé à la balustrade de l'escalier. Ses cheveux blonds, un peu longs, ses yeux noisette. Je me jette dans ses bras, la cassette dans la main. Il m'écarte doucement de lui.

– Justine, il faut qu'on parle. Je dois te dire quelque chose. Ce n'est pas facile, mais je veux être honnête avec toi, je suis quelqu'un de très droit. Hier, j'ai revu mon ancienne copine et… Je suis désolé, ça ne m'est jamais arrivé. On a repris. Elle a cassé la semaine dernière et j'étais très perturbé quand je t'ai rencontrée. Mais je suis complètement dingue d'elle et, s'il y a une chance de recommencer, eh bien, il faut que je la tente. Tu comprends, je suis sûr.

Je ne comprends rien à ce qu'il raconte. Il continue à me parler en me tenant la main.

– Et puis je t'ai vue, tu m'as plu. Tu es une fille géniale, vraiment une fille bien, belle, et arrête de dire que t'as des grosses fesses. Tu es intelligente et sensible, même si tu fais parfois ta dure. Je m'en veux et, en même temps, on est ensemble depuis seulement trois jours, donc on n'a pas eu le temps de trop s'attacher l'un à autre. Tu vas me manquer. Bon faut que j'y aille, je dois déjeuner avec elle à sa pause, elle travaille au Monoprix.

Je crois que j'ai perdu ma langue. Je lui tends ma cassette. Il la prend, regarde le petit mot doux sur l'étiquette, secoue la tête tristement et me la rend. Il m'embrasse sur la joue, me frotte le crâne, me tape sur l'épaule. Je ne réagis pas. Il s'en va. Il est parti.

C'est fini… C'est fini et le monde s'écroule ou à peu près. C'est moi qui m'écroule, abasourdie, comme assommée. Je manque de dévaler l'escalier du quatrième étage, bâtiment C.

Ça y est, c'est fini, c'est déjà fini. J'ai eu un amoureux, encore un, un autre, un autre amoureux. Ça a duré trois jours, enfin presque quatre. Trois jours sur un petit nuage rose, et puis là tout à coup, ça s'arrête. Moi qui croyais que tout allait pour le mieux, que ça tenait la route, que ça suivait son petit bonhomme de chemin. C'était simple, pour une fois à peu près simple. À s'embrasser à pleine bouche, et puis dans le cou, les mots doux dans l'oreille.

Le chemin jusqu'à la cantine est interminable, mon long chemin de croix. Je me sens blanche. Chaque pas est une torture, j'ai l'impression de marcher sur des clous ou du feu. Je me sens si lourde. J'ai du mal à respirer, j'étouffe. Je grince des dents, je serre les dents, je grommelle dans ma barbe des sortilèges. Je suis une sorcière, un zombie, un mutant.

À la cantine, comme un fantôme, je me mêle aux autres. Je n'ai pas faim. Je distribue des trucs qui ressemblent à de la nourriture autour de moi, je fais des heureux. Je glisse deux trois bouts de pain dans mes poches en prévision de la longue après-midi. Je suis une fourmi, je peux me faire écraser à tout moment.

Je pars me réfugier dans le fond du parc du lycée, me cacher dans les buissons. Pour exploser en sanglots, laisser exploser mon chagrin. Je n'arrive plus à m'arrêter, je suis couverte de larmes, je me noie dans mes larmes.

Le troisième jour, jeudi, les cours ont repris. C'est marrant qu'on se soit rencontrés dans un train alors qu'on est dans le même lycée. Il est en terminale. Moi je l'avais déjà vu, je l'avais repéré, lui non, il ne me connaissait pas. Je n'ai pas osé lui poser des questions sur la fille avec qui je l'avais vu avant les vacances. J'aurais peut-être dû : j'aurais gagné du temps, je n'ai pas de temps à perdre.

À midi, j'avais un creux, il m'a proposé de venir chez lui. C'était assez gênant de manger avec ses parents, moi qui suis plutôt réservée. Ils sont assez âgés. Son père est à la retraite et sa mère est « femme au foyer » (c'est une expression que j'ai en horreur). Pendant le repas, on n'a pas dit grand-chose. De toute façon il y avait à la fois le journal de treize heures et un CD en boucle de Céline Dion.

La salle à manger sentait le mouillé, jusqu'à ce que je découvre un énorme chien gris et que je me mette à hurler. Ils ont eu beau me dire qu'il était gentil, ils ont fini par l'enfermer dans la cave devant mon air horrifié.

J'ai été soulagée quand Cédric a annoncé qu'on avait un exposé à préparer et qu'on est montés dans sa chambre. J'étais anxieuse, je me suis mise à le chatouiller sur le lit. Il a dû me supplier d'arrêter. Après quand j'ai déliré sur le pseudo-exposé qu'on était censés faire, il était totalement mort de rire. Je me sentais irrésistible. Ensuite on a « regardé » un film, une sorte de polar, *Le Poulpe* avec Jean-Pierre Darroussin. Je n'ai pas compris grand-chose à l'intrigue. Il faut dire qu'on n'arrêtait pas de s'embrasser avec les mains un peu baladeuses. Par moments, il me chuchotait des trucs adorables, et ça coulait dans mon oreille avec des frissons dans le dos.

Je suis secouée de spasmes. J'ai envie de vomir, l'estomac me brûle, une grosse boule d'angoisse qui m'empêche de respirer à nouveau. Ce n'est que de la bile, de la bile haineuse. Je dois être jaune maintenant, je me noie, petit *yellow submarine.*

Le quatrième jour, il m'a quittée. Un de plus à rajouter à ma liste.

Je tombe. Ce n'est pas bien haut. Je tombe à terre, tête dans la terre. Je veux mourir, je veux encore mourir, en mourir, mourir pour lui. Même si c'est sûr, il n'en vaut pas la peine, ça n'en vaut pas la peine de mourir pour lui.

La sonnerie à nouveau, ce n'est plus une délivrance, une libération comme tout à l'heure, c'est un calvaire. Je me lève sans pleurs comme une morte vivante, morte depuis une éternité. Je traîne mes pieds jusqu'au bâtiment G pour le cours de biologie. Je m'assois sur la paillasse du fond, toute seule, pour être tranquille. Travaux pratiques : il faut disséquer une grenouille. Je déteste ça, je me suis toujours arrangée pour l'éviter. Normalement. Mais je ne suis pas normale aujourd'hui.

Je m'en donne à cœur joie, sans vraiment regarder. Cela me fait de la peine : j'aime les grenouilles et je ne ferais pas de mal à une mouche. Cette grenouille, c'est Cédric, c'est Audrée aussi, elle m'a porté malheur. C'est un moment de rage froide, de colère sourde. Il n'y a plus de vert, que du rouge, du rouge et du rouge ! Je m'en suis mis sur la figure. La prof me demande d'aller enlever tout ça. Tout le monde rit. Ils mettent ça sur le compte de ma maladresse légendaire. Ils pensent que je suis une intellectuelle, pas une manuelle. Je sors sans dire un mot, comme dans un nuage, un nuage d'orage. Mes peintures de guerre sur la tête. Après avoir nettoyé mon visage, je n'ai pas le courage de retourner en cours.

Je sors du lycée. Le surveillant me regarde d'un drôle d'air. Accrochée à la grille, il y a la mobylette de Cédric. Je me retiens de lui crever ses pneus. J'ai gardé le scalpel avec moi. Je me dirige vers le Monoprix, je vais faire un tour, comme ça, juste pour voir. Et puis je change d'avis, rebrousse chemin. Je n'ai pas le cœur à ça. Elle ne m'a rien fait, elle... Je préfère rentrer directement ou aller au cinéma.

À la maison, quand je suis arrivée, il n'y avait personne. Je me suis rendu compte que je tenais toujours la cassette dans ma main. Je l'ai piétinée, l'ai jetée par la fenêtre. Après j'ai pleuré, encore pleuré, je croyais avoir assez pleuré dans le parc du lycée, avoir pleuré la dose réglementaire, mais non, ce n'était pas assez. J'ai pleuré sur mon lit, mouillant mon oreiller. J'ai pleuré fort, avec du bruit et en parlant toute seule, puisque de toute façon j'étais seule. J'ai laissé libre cours à ma colère, à mon chagrin, à mon chagrin d'amour.

J'ai repensé, ressassé. Tous sont revenus, ceux qui m'ont quittée, ceux qui m'ont lâchée. Les blonds, les bruns, les roux. Yeux bleus noirs verts noisette. Les petits, les grands. Les costauds, les élancés, les grassouillets. Ce sont tous les mêmes. Ou c'est moi. Il faut croire que j'ai la peste, la gale.

Maintenant j'ai les yeux secs, mais je suis encore en colère, encore fâchée. Je déchire mes panneaux décorés sur les murs. Pour me défouler. Ça me défoule, vraiment. Les murs sont drôlement vides, et je me sens encore plus seule, mais en même temps comme neuve, c'est un sentiment bizarre. Seule et neuve. Il y a une chanson que j'aime bien, qui s'appelle *La Mémoire neuve*. Je voudrais avoir la mémoire neuve pour tout recommencer à chaque fois, sans les traces des blessures, des déceptions. À force je suis aigrie, je dis que c'est ma sœur, mais en fait c'est moi qui suis déjà vieille, comme une vieille femme aigrie à force d'avoir pleuré tant de fois sur mon oreiller, à force de vomir de la bile, à force… J'exagère, j'en fais des tonnes, tout ça pour si peu de choses au fond.

Je suis épuisée, je m'allonge sur le lit avec Nicolas dans les bras. Je cherche du bout des doigts le papier plié en huit glissé sous son pyjama. Avec un stylo rouge, je rajoute :

« Cédric, blond aux yeux noisette, peau claire et joues devenant rouges avec le froid, aimant l'équitation et les polars, terminale, quatre jours en seconde (novembre), RER, forêt, feuilles mortes, déjeuner avec parents et chien effrayant, chambre, chatouilles, *Le Poulpe*, mots doux glissés dans l'oreille, rupture escalier, biologie (grenouille, sang). »

J'ai dormi en plein après-midi. Ça ne m'arrive jamais. Je me sens vide, vidée. J'ai fait un drôle de rêve, c'était plutôt un cauchemar d'ailleurs. J'ai rêvé de Cédric.

Dans le rêve, après le cours de biologie, je crevais les pneus du scooter avant d'aller voir *Titanic* au cinéma. (Quelle idée ! Il n'est même plus à l'affiche, et en plus ce n'est pas ma tasse de thé. Le début est franchement longuet et je déteste Céline Dion. À moins que ce ne soit justement à cause de Céline Dion et du disque passé chez les parents de Cédric.) Je n'arrive pas à me concentrer, je gigote sur mon siège. Quand est-ce qu'on coule ? Je cogite, continue à ruminer contre ce creveur de cœur. Je ne peux pas laisser passer ça, sinon c'est la porte ouverte à n'importe quoi, mais où va le monde ? Il doit payer pour les autres à venir. Je sors du cinéma comme une ombre. J'appelle Cédric. Il me dit :

– Tu tombes bien ! Je suis en panne (à cause des pneus crevés sans doute), tu peux me transporter ?

Car dans mon rêve, j'ai un scooter.

– Ça marche. Rendez-vous près du monument aux morts.

Quand il arrive, je me montre très sympa, pas du tout rancunière et lui propose d'aller en forêt pour parler tranquillement. Avec mon petit air angélique, je lui dis qu'on peut rester amis, non ? Il est content que je le prenne si bien, il trouve que je suis une fille cool, que je ne me prends pas la tête. Je me mets à rire nerveusement.

– Qu'est-ce que tu caches dans ton sac à dos, Justine ?

– Une hache.

Ça le fait marrer, ce con.

Je l'emmène dans les bois à un endroit isolé.

– Maintenant qu'on n'est plus ensemble, on pourrait fêter ça ? me demande-t-il d'un ton enjôleur. (Il n'aurait jamais dit ça en vrai, je le sais. J'ai beau être en colère contre lui, je sais reconnaître ses qualités.)

– Ferme les yeux, j'ai une surprise pour toi.

Il attend sagement couché, la tête sur un tronc coupé à la base. Je fais un oreiller avec mon pull pour que ce soit plus confortable. Il sourit aux anges. À ce moment du rêve, il a la tête de Rhett Butler et puis après celle d'un grand chien gris qui ressemble à un cheval. Comme dans la scène finale du *Poulpe*, quand le poète écossais alcoolique tranche la tête du méchant capitaliste corrompu, je n'hésite pas. Je ne m'arrête pas, même quand le chien gris ouvre les yeux au dernier moment et crie étonné : « Non ! » Oh que si !

Splash ! Rouge. Noir. Rideau.

Après je brûle tout ça, tant pis pour mon pull. Je lave la hache dans un ruisseau, avant de la reposer dans le jardin où je l'ai trouvée. C'est elle qui m'a donné l'idée, quand je l'ai aperçue toute seule, comme abandonnée, au milieu des nains et des faux champignons. (Dans mes rêves, tout doit être logique, avoir une explication, même si elle est *a posteriori*.)

Ensuite, je retourne au cinéma par la porte de sortie. Leonardo vient de mourir, transi de froid, au milieu des glaces. Je verse une larmichette. En sortant, je repère un garçon que je connais de vue. On va prendre un pot, on parle du film. Il est charmant, mes parents le trouvent adorable. Il me sert d'alibi.

Dans la vraie vie, je crois que je ne suis plus vraiment triste, ni même en colère, même plus amoureuse, juste très fatiguée. Ce n'est peut-être pas vraiment un chagrin d'amour cette fois-ci. Sinon je vais encore pleurer, et aussi demain et après-demain et peut-être pendant toute une semaine, du moins un peu tous les jours pendant quelque temps, les larmes pas loin sous les yeux, sous la peau, prêtes à surgir à la moindre remarque. Je ne dois plus y penser, prendre du recul, apprendre à relativiser, ne plus me mettre dans des états pareils. Ma mère dit toujours que j'ai un cœur d'artichaut, mais ma pauvre maman qui s'en fait tant pour mes amours, je crois que je n'ai plus de cœur. J'ai trop pleuré, encore aujourd'hui. Je me sens si froide à l'intérieur. Il faut prendre ce qui est bon à prendre et basta. Mais si seulement je pouvais me contenter de ça, me résoudre à ne plus avoir mal, à ne pas m'enticher, à ne pas m'emballer. Mais c'est impossible.

Je reprends la liste que je tiens encore en boule dans la main, rajoute :

« Rêve, hache, cheval, Rhett Butler. »

Je relis ce que je viens d'écrire, barre Rhett Butler. Qu'est-ce qu'il vient faire là-dedans celui-là ? Ah oui… le rêve.

Je regarde les panneaux en lambeaux par terre, me demande une seconde qui a fait ça. Je sais que c'est moi. De toute façon, je voulais les enlever un jour ou l'autre, changer de décor. Ces temps-ci, j'ai de nouvelles préoccupations, de nouveaux goûts, je m'intéresse plus à la peinture, à la photographie, et moins aux chanteurs et chanteuses qui ont leurs posters dans des magazines que j'ai honte d'avoir achetés. Je jette tout à la poubelle, sauf deux trois trucs auxquels je tiens qui concernent mes voyages, des cartes postales de vacances. Je découpe les bouches au rouge à lèvres de mes copines de collège, même si je ne les vois plus vraiment.

Je tente de sauver du désastre ce qu'il y a à sauver.

Je vais chercher la nappe en papier dans la buanderie. Je découpe deux énormes bandes, je les punaise, une au-dessus de mon lit, et l'autre, perpendiculaire, au-dessus de mon bureau. Je recommence à zéro, mes panneaux blancs, mes panneaux vierges. J'attrape en haut de mon armoire les chemises où j'accumule, conserve, archive un tas de documentation diverse et variée. Je sélectionne, trie, jette tout ce qui correspond à mes anciens goûts.

Je me mets au travail. J'ai mis de la musique, de la musique classique, Brahms, et je compose mon tableau, collant, assemblant, écrivant aussi des petites phrases que j'extrais de mon carnet. Par moments je ferme les yeux, ou presque, c'est une sorte de danse avec ma toile.

Le résultat est plutôt pas mal. Il y a encore des vides, mais ça repose. Je sais que dans quelques mois il n'y en aura plus, comme sur les anciens panneaux, et qu'il ne restera plus d'endroit où reposer son regard. Il manque quand même quelque chose, quelque chose de plus personnel. Si j'allais fouiner dans les albums d'Audrée, en prélever quelques photos ? Je risque de me faire engueuler. De toute façon elle ne les regarde jamais, de toute façon elle va partir, et ces photos, je ne les reverrai pas. Elle a déjà commencé à remplir des cartons (ses livres, ses peluches, ses vêtements), à déblayer le plancher (elle a enlevé et roulé ses affiches). Pour une fois, sa chambre n'est pas rangée, c'est même franchement le foutoir.

Ma sœur va partir. Je n'ai pas encore vraiment réalisé, pas eu le temps avec mon histoire d'amour avortée. C'est encore tout neuf. Hier après-midi, après les cours, elle est venue me chercher et m'a proposé d'aller boire un café. Sébastien était retourné chez lui pour « s'expliquer ». Audrée était stressée, ça se voyait, elle ne supporte pas d'être seule plus de deux minutes. Dans le café, elle m'a fait des confidences. J'ai essayé de ne pas me moquer, de l'écouter, sans donner mon avis, de toute façon, elle ne me le demandait pas. J'ai essayé, du moins cinq minutes, après j'ai laissé mon esprit divaguer, je pensais à Cédric, je souriais dans le vide. Je voyais qu'elle avait un truc à me dire et qu'elle n'y arrivait pas, au milieu des joueurs de baby-foot, de la fumée (elle déteste la fumée) et de la musique.

Après nous sommes allées nous promener. Nous avons fait le tour du lac en regardant le soleil rose se coucher sur la Seine au loin, les immeubles moches, mais aussi les arbres dénudés et les autres encore rouges, les canards, les poules d'eau, et des mouettes qui avaient l'air perdues, loin de la mer. C'est là qu'elle m'a annoncé qu'elle allait partir de la maison. Et je ne sais pas ce qui m'a pris, je me suis mise à pleurer. Elle était devant moi, les bras ballants, ne sachant que faire de cette peste de sœur en larmes, de cette sœur en miettes. Au bout d'un long moment, elle a fini par me prendre dans ses bras, et j'ai eu envie de l'embrasser à pleine bouche pour qu'elle ne parte pas, mais ça ne servait à rien. J'ai mis ma bouche dans son cou, et ça sentait le caramel à n'en plus pouvoir, mais derrière, loin derrière, il y avait son odeur de mûre sauvage. La même odeur que maman, mais en plus sucrée. Je l'ai suppliée de ne pas partir, de ne pas me laisser. Je ne sais pas ce qui m'a pris, un moment d'égarement.

Elle a voulu s'expliquer, expliquer que ce n'était plus possible entre nous. Qu'elle voulait vivre avec Sébastien et que moi je ne pouvais plus le voir en peinture, en sculpture, l'encadrer. Qu'ils avaient besoin de vivre ensemble, depuis le temps, de passer à autre chose. Et des conneries comme quoi, si on se voyait moins toutes les deux, ça se passerait sûrement mieux. Elle cherchait sans cesse dans mes yeux mon approbation. Elle pensait qu'en s'éloignant on se ferait moins de mal, on serait contentes de se revoir. Elle avait l'air d'y croire vraiment, elle joignait les mains comme pour une prière.

Je ne savais pas quoi répondre, alors je me suis détachée d'elle brusquement et je me suis mise à la traiter de tous les noms. Je lui ai balancé mes quatre vérités, elle a eu son compte, en a eu pour son argent. C'était horrible et en même temps je ne pouvais plus m'arrêter, comme dans mes rêves, quand je l'insulte, et qu'après on se bat et que je lui maintiens la tête sous l'eau. Elle était devant moi, pâle comme un linge, elle se bouchait les oreilles et n'arrêtait pas de répéter: «C'est parce que tu es triste. Tu dis ça parce que tu es en colère.»

Un samedi après-midi, début décembre

Mon thé brûlant à la main, une tartelette au citron de l'autre, je m'accoude à la fenêtre pour profiter de la vue sur les toits, l'église russe avec ses clochers ronds et dorés, le Christ qui tend les bras vers le ciel. Le ciel est bleu sans nuages, les arbres autour de l'édifice sont déplumés, et abritent quelques oiseaux qui n'ont pas encore migré. En face, sur la gauche, il y a un grand mur blanc un peu lézardé où j'entrevois des visages. Je vois sortir de l'église un pope tout en noir avec une grande barbe blanche. Il va parler à un homme aux cheveux poivre et sel qui balaye le trottoir. On l'a croisé tout à l'heure dans l'escalier. Il empestait l'alcool et nous a dit bonjour avec un accent slave très prononcé. Apparemment il niche au même étage que les deux tourtereaux, à savoir Audrée et sa moitié. Ils sont aux anges, n'arrêtent pas de roucouler, et ça commence à me gonfler sérieusement.

Après avoir mangé à la maison tous les cinq (cherchez l'intrus), on a bourré les deux voitures (surtout l'Espace) jusqu'à la gueule. Direction Paris, rue Daru. En arrivant, je suis entrée dans l'église, c'était tout sombre à l'intérieur, on n'y voyait rien. Il y avait des chants religieux. Je suis sortie aussitôt. Tout le monde m'attendait pour décharger et Audrée m'a dit qu'on n'était pas là pour faire du tourisme. On était là pour faire leur déménagement dans leur nouveau nid d'amour : leur chambre de bonne dans les « beaux » quartiers, à deux pas des Champs-Élysées, pas très loin de leur fac (qui ressemble à une école de commerce et où l'on apprend à licencier des gens). C'est un immeuble très chic avec code et interphone. Mais devant le bel ascenseur en fer forgé, il faut prendre à droite, traverser la courette avec les poubelles et passer devant les boîtes aux lettres qui ne ferment plus. Puis monter l'escalier de service aux hautes marches avec, à chaque étage, la porte qui donne sur les luxueux appartements de ces barons et autres personnes imposées sur la fortune qui ont des cuisiniers, des femmes de ménage, des domestiques et autres bonnes à tout faire qui n'ont pas le droit de prendre l'ascenseur. Leur studette, c'est tout petit, vraiment minuscule. Il y a une douche en plastique près d'un lavabo ébréché. Les toilettes sont sur le palier.

Ma sœur prépare son départ depuis des semaines. Tout le temps fourrée avec maman à faire des emplettes et les différentes démarches administratives. Elles ont acheté de la vaisselle, un canapé-lit, un tapis, une bibliothèque, un four, un frigo, quatre chaises. Ce que je préfère, c'est la table de bistrot ronde en marbre blanc. Elle a aussi piqué dans nos placards une casserole, deux poêles, du linge. La chambre était déjà meublée avec une armoire en bois, un miroir et une commode recouverte d'une plaque en marbre noir. Pendant tout ce temps, papa et moi, on s'est sentis un peu abandonnés, froissés dans notre amour-propre. Je sais, « l'amour-propre est une sale maladie » (dixit Mendelson, un groupe de rock français).

Depuis notre « explication » au bord du lac, on ne se parle presque plus. On se sourit, on dit « s'il te plaît », « merci » et « excuse-moi », « bonjour », « bonsoir ». Guère plus. Une sorte d'indifférence polie, de trêve silencieuse. Elle ne veut plus faire la guerre, je n'en ai plus la force. En tout cas, elle a l'air plutôt gaie, toujours en train de chantonner. Je crois qu'elle ne veut pas que je gâche son bonheur. Je ne sais pas si c'est ça le bonheur. Son bonheur est tout rose avec de la guimauve à l'intérieur, c'est un bonheur sucré, un peu écœurant à la longue, un bonheur caoutchouc, un bonheur tout mou. Un bonheur à la gomme. Un bonheur de Monoprix comme Cédric et sa dulcinée. Je dis ça, c'est purement gratuit, je ne connais pas leur histoire. C'est juste que ça m'est resté en travers de la gorge.

Hier justement, j'ai enfin recroisé Cédric dans le parc du lycée. À croire qu'il se cachait depuis un mois. Je pensais qu'il ne me parlerait pas, qu'il m'ignorerait. Mais il est venu vers moi. Il était gentil, presque trop. On aurait dit qu'il avait pitié de moi. Il s'est excusé de m'avoir fait de la peine et m'a proposé son amitié, sincèrement. J'ai trouvé ça bizarre. Je me suis demandé s'il ne voulait pas me garder sous le coude, au cas où ça ne marcherait pas une fois de plus avec son officielle. Pour me montrer sa bonne foi, il m'a invitée à une soirée chez lui. J'ai refusé, j'ai ma fierté tout de même. Je n'aurais pas supporté de le voir bécoter alors que, quelques semaines plus tôt, c'était moi et moi seule dans sa chambre.

De toute façon, ce soir, j'ai un autre programme, et d'ailleurs je me demande comment je vais bien pouvoir danser. Je suis toute fourbue d'avoir porté tous ces cartons remplis de livres, de CD. Pendant deux heures, chargés comme des baudets, on a monté des tonnes de trucs au sixième étage. C'était mon premier déménagement et je ne referai pas ça tous les jours. Quand on a eu fini de tout décharger, Audrée a accroché ses affiches (Gauguin, Matisse, Chagall) et tout de suite ça a eu l'air habité. Ensuite on a improvisé un goûter. On a fait chauffer du thé sur un camping-gaz en attendant que la gazinière soit livrée. Maman avait acheté des tartelettes au citron et des éclairs au chocolat. À un moment, les cloches de l'église ont sonné. Ma sœur était belle comme une mariée.

– Allez, Justine, on rentre, on va laisser les amoureux s'installer et profiter de leur nid douillet.

Je n'ai pas vraiment envie de partir. Si j'avais un lieu comme ça, je crois que je deviendrais poète. On redescend les six étages tous les quatre comme une vraie famille. Sébastien est au téléphone ou lave la vaisselle, je n'ai pas fait attention. De la porte de service du quatrième étage, là où habite le baron qui loue au noir la chambre, une femme aux cheveux longs et gris sort furtivement, monte l'escalier en baissant les yeux. Elle a l'air un peu tarée.

– Tu viens quand tu veux, tu sais, me dit Audrée en me regardant dans les yeux. Il y a des soirs où Seb ne sera pas là. On pourra aller au restaurant ou au ciné toutes les deux.

– D'accord, si tu veux. C'est sûr qu'avec tes drôles de voisins il vaut peut-être mieux ne pas rester toute seule.

Mais évidemment elle ne peut pas s'empêcher de rajouter qu'elle a très envie qu'on reparte sur de bonnes bases, chacune avec son espace, plus de liberté. Elle recommence avec ses prières. Elle gâche tout quand elle fait ça. J'essaie pour une fois de ne pas me mettre en colère.

– Allez, au revoir et bonne première nuit !

– J'ai l'impression que c'est ma nuit de noces.

Audrée a un sourire jusqu'aux oreilles. Je prends une mine dégoûtée :

– Ahhh ! Je ne veux rien savoir de votre intimité, moi.

Elle me tire la langue. Je l'embrasse, après c'est le tour de mes parents. On dirait qu'elle part pour un long voyage. Ma mère a les larmes aux yeux, papa n'arrête pas de tousser et moi, je me bouffe les doigts.

La maison a l'air vide, silencieuse sans nos cris, nos disputes, sans nos chamailleries, nos concours de musiques à celle qui mettra le plus fort. Papa et moi, on est tout désemparés. En ce moment, il n'arrête de rechercher ma compagnie, à moins que ce ne soit le contraire, il en devient presque collant. Nous passons notre temps à jouer aux dames chinoises, à nous promener au bord de la Seine ou à deviser devant le feu de cheminée.

Maman s'est enfermée dans son bureau où elle fait semblant de travailler, mais je crois qu'elle pleure. Ce n'est pas la première fois que ça arrive. Elle pleure parce que sa fille aînée part, qu'elle sait maintenant que les filles partent. Elle m'évite un peu ces derniers temps. Elle est irritable, m'envoie des piques à la figure. Mais, maman, je ne pars pas maintenant, moi ! J'ai encore besoin de toi, je suis encore si petite, je n'ai plus envie de grandir. Je veux rester là, ou faire machine arrière, parce que quelquefois je me dis que c'est passé trop vite, qu'avant je voulais brûler les étapes, grandir vite pour pouvoir être une adulte. Je ne veux plus être une adulte, je ne suis pas une adulte. Je voudrais revenir en arrière, et faire d'autres choix : par exemple ne pas quitter mon premier petit copain, tout aurait été si différent. Nous serions peut-être encore ensemble aujourd'hui, sûrement même. Qu'est-ce que j'en sais ? C'est absurde de penser cela, cela remonte à si longtemps. C'est la seule fois où j'ai fait vraiment de la peine à un garçon.

– Justine, je peux entrer ? demande papa après avoir toqué à la porte de ma chambre.

– Oui bien sûr.

– Avant que je te dépose tout à l'heure à

ta surboum dans les caveaux du château, ça ne te dérange pas si on va faire un petit coucou à ma mère, comme c'est juste à côté ?

– Non, au contraire, ça fait longtemps que je n'ai pas vu mamie.

– À tout à l'heure, on y va quand tu veux.

Mon père referme la porte tout doucement.

J'espère que ma « surboum », comme s'obstine à les appeler mon père pour m'énerver, va me changer les idées, même si c'est de la poudre aux yeux, de la poudre aux oubliettes. J'ai repris les soirées depuis Cédric, recommencé les « si tu veux, si tu veux ». Je suis devenue encore plus boulimique. Mais à chaque fois je ne les ai pas revus et c'est très bien comme ça. Ce que j'aime, c'est les débuts, leur intensité, après ça s'étiole, ça ramollit. Je crois que je deviens presque méchante avec les garçons à la longue.

Ce soir, je suis invitée aux dix-huit ans du frère de Julia. Julia, c'est ma nouvelle copine. Elle m'a vraiment calculée pour la première fois quand je suis sortie de biologie avec mon sang de grenouille sur la figure. Avant, elle ne connaissait même pas mon prénom, elle savait juste que j'étais toujours au premier rang et que je ne parlais à personne. Elle croyait que j'étais une bonne sœur coincée et autiste. Ce jour-là, elle s'est inquiétée quand elle ne m'a pas vue revenir. Et dès le lundi, elle est venue me demander si ça allait. Je lui ai raconté tout, avec mon cauchemar en prime, et elle a adoré mon rêve.

Peut-être qu'elle m'aime bien pour de mauvaises raisons, tout comme elle m'ignorait avant parce qu'elle pensait que j'étais une autre. Moi-même je ne sais pas très bien qui je suis. Ça dépend des situations, du contexte, ça dépend avec qui. Je m'adapte tel un caméléon en fonction des personnes : parents, professeurs, famille, sœur, copines, amoureux…

C'est ça qui est complexe à gérer. Je crois que je me complique la vie. C'est que j'ai du mal à me cerner, à trouver mes contours, à savoir où je vais. Je suis faite de morceaux qui ne se joignent pas forcément. J'ai une théorie là-dessus, théorie est peut-être un grand mot pour de si petites pensées.

En tout cas, je ne suis pas pressée de rencontrer le frère de Julia. Il faut dire qu'elle m'en a brossé un portrait au vitriol. Mais je ne refuse jamais une occasion de sortir et en plus je n'ai jamais visité les caveaux de ce qu'on appelle ici le « château ». Julia m'a dit qu'il avait un caractère de cochon, qu'il était prétentieux et qu'il avait la grosse tête. Il veut devenir réalisateur et suivre des études de cinéma. Rien que ça… En ce moment il n'arrête pas de la soûler avec une fille qu'il a croisée dans une fête et qui a l'air frappadingue. Il paraît qu'il raconte toujours des salades, des bobards, qu'on ne sait jamais si c'est du lard ou du cochon. Comme tout le monde, comme tous les garçons du moins. Comme Cédric.

– Justine ?

– Quoi encore ?

– Dis donc, tu exagères ! Je ne t'ai encore rien demandé, je te signale ! On ne peut vraiment plus te parler sans que tu sois désagréable.

Aïe ! c'est ma mère ! D'habitude, j'arrive à reconnaître ses petits pas qui glissent sans bruit sur le parquet.

– Excuse-moi, je croyais que c'était papa.

– Eh bien ce n'est pas une raison.

Si, c'est une raison, mais elle ne peut pas comprendre. En tout cas, elle a l'air sacrément contrariée.

– Pardon mamounou, fais pas la tête.

– Je ne fais pas la tête, mais vraiment, tu es insupportable quand tu t'y mets. Je pensais que…

Je m'approche d'elle, pose ma main sur son épaule le plus doucement possible.

– Qu'est-ce que tu pensais ?

– Que de ne plus avoir ta sœur à la maison, ça te calmerait. Je croyais que vous vous montiez mutuellement le bourrichon. Mais apparemment…

Je la fais taire en mettant ma main sur sa bouche. Je ne veux pas entendre la suite. Je ne supporte pas qu'elle ait quelque chose à me reprocher. Ça me donne toujours envie de me coucher en boule et de ne plus jamais me relever.

Maman enlève les plis de ma couette en me disant d'une voix adoucie qu'elle n'est pas venue pour parler de ça. Elle veut juste savoir à quelle heure je vais rentrer, s'il faut venir me chercher. Le petit rituel du samedi soir.

– Je dors chez une copine.

– Quelle copine ?

– Julia. Elle est dans ma classe.

– Je suis contente de savoir que tu as une copine. (Sous-entendu : je n'ai pas d'amie, je suis seule au monde.) Mais je préférerais quand même savoir où couche ma fille. C'est le minimum syndical, je ne demande pas la lune quand même !

La voilà qui s'énerve à nouveau. J'ai envie de lui demander si elle est devenue flic, à quoi ça rime son interrogatoire. Mais ça ne sert à rien, elle n'est pas dans son état normal, elle n'est pas dans son assiette, et ça la rend agressive.

– Je vous laisserai ses coordonnées sur la table de la cuisine. D'accord ?

Ma mère me caresse les cheveux avec un regard dans le vide, un regard triste que je ne lui connais pas.

– Vous voulez boire quelque chose ? Tu veux un whisky, mon petit loup ? Et toi un kir, ma chérie ?

Sans attendre notre réponse, ma grand-mère prépare les verres, sort des gâteaux apéritifs. Tout en s'affairant (elle a toujours des petits plats sur le feu ou un tricot en cours), elle nous demande comment s'est passé le déménagement d'Audrée, pose des questions sur l'appartement. C'est papa qui fait le résumé de cet événement interplanétaire. Dans la véranda de sa cuisine, je préfère siroter mon kir et m'absorber dans la contemplation de l'étang entouré de chênes centenaires avec ses cygnes blancs, ses pêcheurs à la ligne et le petit pont en pierre qui surplombe une sorte de grotte.

– Mon prince, avant de partir, tu veux bien aller changer l'ampoule dans la cave et me remonter une bonne bouteille de blanc ? Ce soir, moi aussi je sors, figurez-vous. Je suis invitée chez une de mes copines du club de mémoire. On va faire un bridge et elle veut me présenter quelqu'un. À mon âge ! Elle veut absolument que je me remarie. J'ai été mariée cinquante ans et ça suffit bien assez comme ça…

Mon père préfère ne pas entendre la suite et s'éclipse. Ma grand-mère continue :

– Tu as vu comment il s'est enfui ? Il n'aime pas que je parle de ça. J'ai adoré ton grand-père, même s'il n'était pas tous les jours facile à vivre. Mais tu vois, je l'ai rencontré très jeune, à seize ans, et je n'ai pas eu le temps de courir le loup avant. De toute manière à mon époque, c'était très mal vu. On n'était pas libres comme maintenant.

Je me ressers un kir. J'aime bien quand elle me parle de « l'ancien temps ».

– Tu as raison d'en profiter, ma petite fille. Il faut profiter, c'est de ton âge. Tu as bien le temps de trouver un bon mari après, même si je crois que tu n'as pas très envie de te marier.

Je secoue énergiquement la tête en prenant un air dégoûté.

– Ah, t'es pas comme ta sœur, toi ! Elle m'inquiète un peu, elle va trop vite. De nos jours, s'installer si jeune, c'est du gâchis. Elle n'a jamais eu d'autres petits copains, hein… ?

– Pas à ma connaissance en tout cas.

Ma grand-mère fait claquer ses deux mains sur les cuisses, puis reprend une larme de whisky comme elle dit.

– Enfin, chacun fait comme il veut, comme il peut, mais j'ai vraiment du mal à la comprendre. Elle a tellement changé, on dirait qu'elle a pris cinq ans.

– Dix, plutôt !

– Il faut dire qu'elle n'a pas tiré le bon numéro. Ce Sébastien, il n'est pas très, comment vous dites déjà, rock and roll. Enfin… revenons à mes moutons avant que ton père ne revienne. Tout ça pour dire que, même si je n'ai pas du tout l'intention de me remettre en ménage, je ne dirais peut-être pas non pour vivre une aventure, histoire de savoir comment c'est un autre homme…

– Qu'est-ce que vous mijotez toutes les deux ?

Mon père a une bouteille à la main et des toiles d'araignée dans les cheveux.

– Allez on y va, Justine, tu vas faire attendre tes futurs prétendants et moi le plateau de fruits de mer que j'ai prévu pour le dîner. Il faut que je la dorlote un peu, ma petite femme, elle a un peu le bourbon, euh… enfin le bourdon.

C'est le moins qu'on puisse dire. Mais quand même me faire ce coup-là, juste le soir où je ne suis pas là, moi qui adore les huîtres, les pinces de crabe et autres bigorneaux.

– Oh non, je suis furieuse !

Mon père prend son air réjoui à la noix, celui qu'il a quand il va faire une bonne blague. Comme ça, on est prévenu, on peut se préparer psychologiquement.

– Eh ma fille ! tu peux pas avoir le beurre et l'argent du beurre…

– Et le cul de la crémière.

– Mamie !

– Maman !

Sur le pas de la porte, ma grand-mère me prend dans ses bras. J'aime la serrer, m'y blottir le temps d'un baiser, d'une étreinte. Je respire son parfum, elle sent bon. Sa peau est une pâte à bisous. Je profite de cet instant, le savoure. Car on ne sait jamais, on ne peut compter sur personne, surtout pas sur les grands-mères et les grands-pères. Je ne peux accepter l'idée qu'un jour ma grand-mère va mourir, que mes parents vont mourir, que ma sœur va mourir, et même ce Sébastien aussi transparent qu'une huître. Je veux mourir quand j'aurai tout connu, que ma vie soit remplie de ce que j'aurai bien voulu y mettre. Je veux une vie unique, une vie spéciale.

Je remonte dans la voiture à côté de papa, à la place du mort. Audrée n'est plus là pour faire le taxi. Ma sœur est partie et je me sens un peu perdue, et elle me manque. Elle me manque terriblement et je ne peux m'empêcher de penser, même si cela m'écorche la bouche, que Sébastien me manque aussi, à sa façon à lui bien particulière. Seb, à force, c'est devenu une sorte de frère, pour moi aussi : un frère insupportable, un frère à renier, mais un frère quand même.

Mais il ne faut pas croire que je suis jalouse, que je les envie, avec leur nid en face de l'église aux clochers dorés, leur nid doré. Même dorée, c'est une cage quand même. Un tombeau où ma sœur va peut-être s'enterrer à jamais. Un vrai enterrement de jeune fille... Moi si j'avais un lieu comme ça à moi, j'irais me percher sur les toits avec des inconnus de passage, à refaire le monde, fumer le narguilé (ça, contrairement aux cigarettes, j'y arrive), à boire de la vodka cul sec avant de balancer les verres par-dessus l'épaule comme le font les Russes. J'irais me perdre la nuit dans des lieux enfumés avec de la musique et des lumières qui tournent. Au petit matin je me coucherais sur la moquette, les fenêtres ouvertes sur la ville qui s'éveille et les premiers rayons du soleil qui me caressent la joue pendant qu'un amoureux dort dans mon cou.

– Pourquoi tu souris, ma chérie ?

– Pour rien, papa, pour rien.

Il y a des choses que l'on ne dit pas à son père. Je dois encore lui laisser le peu d'illusions qui lui restent sur sa fille cadette.

– Tu dors chez une copine cette nuit, c'est ça ? J'ai bien compris : on n'a pas besoin de venir te chercher.

Et voilà que ça recommence. Ils ont une mémoire de poisson rouge. La prochaine fois, je ferai passer un avis dans le journal.

– Non. Je vous ai laissé le numéro de Julia, à n'utiliser qu'en cas d'extrême urgence !

– Tu as pris des affaires pour dormir ?

Je lui mets mon sac sous le nez, en sors mon pyjama, ma brosse à dents et ma culotte. Ça le fait rougir. Tant pis pour lui ! Il l'a un peu cherché avec ses questions de logistique.

– C'est bon, je te fais confiance. C'est parti pour un dîner aux chandelles, suivi d'une nuit sans filles qui s'entre-tuent, ça va faire tout drôle… Amuse-toi et pas trop de bêtises !

Je sors de la voiture en lui faisant un petit signe de la main. Je manque de me tordre les chevilles sur les graviers de la cour du château.

Je descends l'escalier qui mène aux caveaux et je tombe sur Julia et… et… Rhett, Rhett Butler.

– Justine, je te présente mon frère Ivan. C'est lui le roi de la fête ce soir. Ivan, c'est

Justine, ma nouvelle copine qui me paraissait très très sage au tout début de l'année et puis finalement pas du tout. C'est une fille sacrément brillante par ailleurs, ce qui est très pratique pour copier.

Rhett, c'est le frère de Julia. Je n'en reviens pas. Ça fait trois mois qu'on est dans la même classe, un mois qu'on se fréquente et… On dirait un film ou plutôt un téléfilm d'ailleurs, bon ou mauvais, je ne sais pas, je ne sais pas encore. Et lui aussi il n'en revient pas :

– Mais Julia, c'est hallucinant, c'est Scarlett, c'est elle, dont je te parlais, c'est elle, la jolie fille bizarre à la vodka orange, je me suis pris un cocard à cause d'elle.

Et je dis dans ma tête : Julia, mais c'est lui, c'est lui Rhett Butler dont je ne t'ai pas parlé mais qui flotte devant mes yeux quand je ne pense pas, quand je rêve.

Et on ne s'embrasse pas à pleine bouche, mais avec les yeux qui se dévorent. Et je me dis que c'est lui, sûrement lui, ma grande histoire, même si elle se termine mal. Je ne sais pas pourquoi mais je le sais, je le sens, on est faits du même sang, même si c'est du sang mauvais, même si on se fait du mauvais sang et qu'on a souvent les idées noires et la rage au cœur. On ne s'embrasse pas, mais ça ne saurait tarder. C'est tacite, si on s'embrasse, ce n'est pas pour rien, et même si ce n'est pas encore de l'amour, ça y ressemble. On n'a pas le droit de penser, oh si tu veux, si tu veux. C'est sérieux, ce n'est pas un conte de fées. Je ne suis pas une princesse, plutôt une sorcière et il n'a l'air d'être un enfant de chœur. C'est comme ça, on ne choisit pas.

On ne s'embrasse pas, peut-être demain tous les deux, on ira à Paris sur les quais comme mes parents se sont embrassés après être allés voir *Roméo et Juliette*. Ça ne s'invente pas, c'est comme ça, la vie est parfois comme ça, ressemble à un film, un roman, qu'il soit bon ou mauvais. La vie parfois ressemble à ça et c'est normal puisque les livres, les films sont faits avec la vie. Il n'y a pas de sens et, si la vie en avait un, j'aurais tendance à aller dans l'autre. Il ne faut pas chercher du sens, surtout pas. C'est une intuition, qu'elle soit bonne ou mauvaise, il faut s'y fier. Je peux me tromper, encore une fois, mais je m'en fous. Je veux la vie-vitesse. Ne surtout pas réfléchir, ne pas prendre les choses à la légère mais avec légèreté. Tout ça est si compliqué. Tout est si simple. Une chose et son contraire. Une chose est sûre, rien n'est facile.